非洲奈及利亞有句話說：「 培育孩子要靠整個村子的呵護。 」當一個母親發現身邊有人欣賞又可以激發、引導自己的孩子時，真感到是上天給予的禮物。我的三個女兒小時候都是從小就跟隨Elsa學畫，從此培養了他們對創作藝術的興趣。我的大女兒郭佳怡大學畢業後成了詩人、劇作家和演員；二女兒佳欣在念大學，主修媒體和建築。我的小女兒佳瑋是三個孩子中最熱愛藝術的，她從黃房子(Yellow House)帶回來的作品 —— 不論是雕塑、水彩畫或者是素描 —— 都表達了她獨特的個性和滿滿的熱情。

Elsa 鼓勵孩子們爲愛藝術而藝術，要為自己創作，而不是爲了滿足其他人的期望或者得到好成績。在佳瑋五歲和六歲的這兩年，Elsa指導佳瑋以自然保育為主題，和畫室的小朋友們團隊創作。Elsa將他們的作品送到不同的地方參賽，而之後小朋友們在各種藝術創造和設計比賽獲得許多的獎勵，相當開心，更信心大漲。Elsa 只教導佳瑋要大膽、誠實地表達自己，而從不提比賽或獎勵。

孩子長大後，我開始在香港和美國的大學任教，讓我更加欣賞和認同 Elsa 傳達給學生的訊息，因為教育下一代最重要的就是要幫助學生調適他們的情緒和保持樂觀的態度。要做到這點，必須先認識自己，同時了解別人和培養同理心。那些有正確態度的孩子，在長大成人後，可以勇敢的面對人生各種挑戰。看到Elsa這本書的初稿時，我立刻就被感動。世上沒有什麼比「 愛 」更強大，而愛始於珍惜自己；傳遞這訊息最好的方法，莫過於家長和孩子一起閱讀 Elsa 由心出發愛的插圖。

林夏如 Shirley Lin

(一個家長
老師和欽慕者
香港中文大學客座教授)

藝術叫我們見到看不到的世界。人內心的感情和對世界的觸覺，以及潛藏在內在生命的美善，是一個很豐富的寶藏。Elsa是一個藝術工作者，也是陪伴著很多孩子成長的老師。多年來藉著創作與孩子同行，開墾他們的心靈世界。今天透過這本圖畫故事，幫助家長與孩子作心靈的對話。一方面培養親子的親密感，另一方面可以在孩子心中栽植美善的價值。但願這本小書祝福每一個孩子和他們的家。

麥漢勳牧師

(中華基督教會灣仔堂主任牧師)

筆者曾經當過親子講座的講者，我的核心內容是父母的「身教」比「言教」更能使孩子領悟。但大多數父母的問題（或盲點）是不能控制情緒，導致事倍功半……。

Elsa多年與孩子相處，也從教授繪畫中影響孩子的生命。她以看似平凡的圖畫道出不平凡的生命價值觀。這本畫冊不僅引導孩子如何建立正面的情緒，也可讓父母在實行「身教」時作多方面的反思……。

我代表眾多父母多謝你。

袁海星博士

（三名已成長孩子的父親
現任一間聯營公司總經理）

謹以此書獻給所有

膽小的、勇敢的、外向的、內向的孩子

……和長大後的你和我。

從前有對雙生兒，

一個叫黑黑，一個叫樂樂，

他們整天在一起生活。

黑黑卻總是滿懷心事，

每走一步路都沉甸甸的！

黑黑時常都在想……

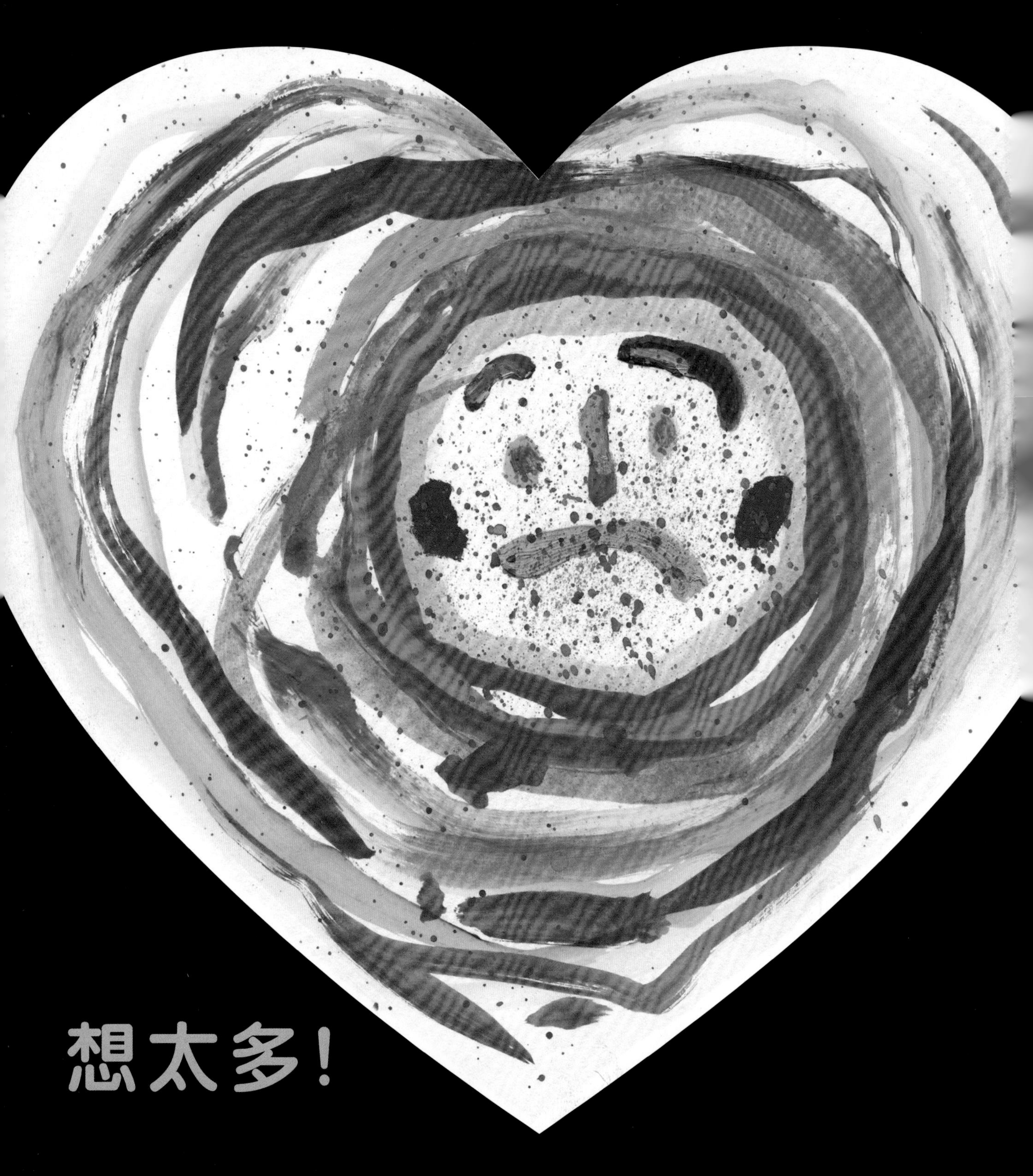
想太多！

我很怪？

我不好！

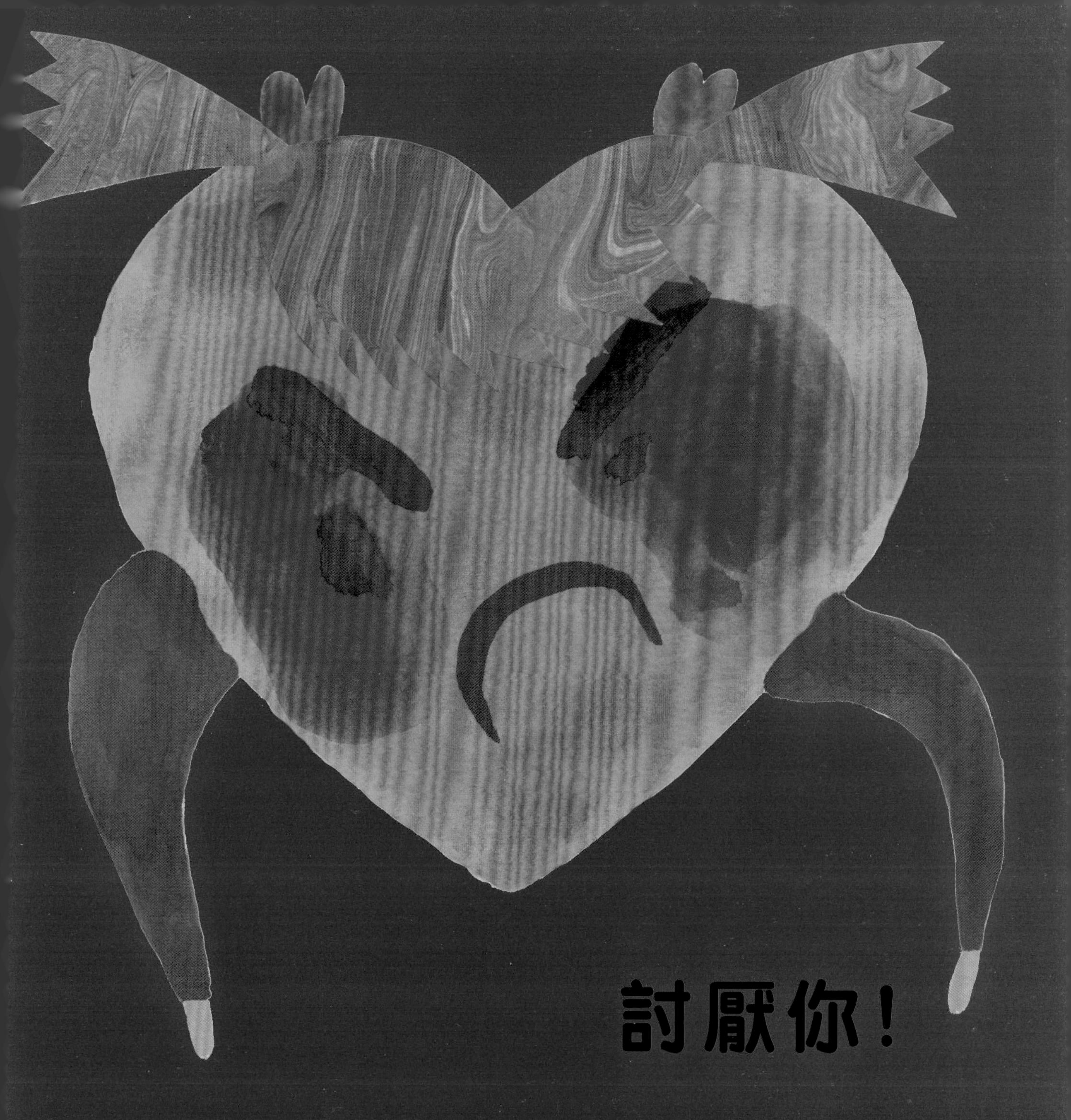
討厭你！

害怕。

傷心。

樂樂卻是輕鬆愉快，幹勁十足，

每走一步路都像輕飄飄似的。

樂樂常常都是……

輕輕鬆鬆，

滿滿足足，

溫溫暖暖，

活活潑潑，

吱吱吱　　　　喳喳喳，

天不怕　地不怕，

自自由由、安安靜靜、和和平平，

好喜歡自己的。

樂樂愛黑黑，願意把愛和黑黑分享。

因為愛的感覺最棒！

現在，可以用喜歡或不喜歡的顏色，

把自己的心情畫下來。

也可以和爸媽傾談一下自己的心情。

日後可以再貼上空白的心形紙

一直畫下去，這樣，

不就成為一本「心情日記」了嗎？

名字：________________　　　　日期：________________

給親愛的爸爸媽媽 ：

《樂樂和黑黑的故事》是一本對小孩子談情緒的圖畫書，適合爸媽和幼童共讀。全書的插圖我用了小孩子那種簡潔直率的風格去描繪，希望孩子易於投入；也用了許多像詩歌一樣的疊字，使孩子能夠明白和印象深刻。出版這本小書的目的，是好希望能夠讓孩子從小學懂認識和理順自己的情緒，因為：「你要保守你心，勝過保守一切，因為一生的果效是由心發出。」

在小書的結尾也有互動的部份，讓孩子有更多參與，藉此提高他們的創作力和表達熱情。
因為繪畫正是這樣的一個神奇工具！
當然，全書的核心訊息還是「愛」，
因為在愛中成長的孩子，是最幸福的！

潘敏慧 Elsa（資深兒童繪畫導師）

一頁一頁的揭開這本書，同時勾起了我內心一幅一幅的畫面。因著這個映照，很快就找到，自己就是黑黑。但記得自己曾幾何時也是樂樂，或者大部份是樂樂。到底什麼時候開始，黑黑成為我心的主導位置呢？

在我個人經歷裏面，我覺得，真的，樂樂和黑黑在我們一出世便在一起。聖經說罪入了世界，在這世上有一個惡者在掌權；但同時，至高者仍有終極的權柄。當我將心交給那暫時掌權的惡者時，我的心實在總是沉沉、瀾瀾，想太多、太多……。

然而，那位終極掌權的，用祂的愛呼喚我，把那被黑黑長期霸佔並且遮蓋而隱藏了的樂樂找出來。我有一個朋友，她是不折不扣的樂樂。受了她的影響，我心中的樂樂也長大了不少！縱然在我今世的生命，不能把黑黑完全毀滅，但靠著那大能的聖者，把樂樂培養得強強、健健的話，讓祂成為我心的主導。那麼，我就能輕輕、鬆鬆……

想起一句歌詞:「常言道，笑亦要做人，喊亦要做人冷或暖生自你心……」。聖經亦告訴我們要謹守自己的心。願所有讀了這本書的人，都擁抱樂樂，把黑黑轉變成樂樂！

作為已有三個孩子的父母，我們把握過，
卻也錯失過很多引導孩子去處理自身情緒的機會。

現今作家長的，往往把心思意念都放在子女的學業成績、升學、興趣班甚至外表衣著等，卻忽略了子女(孩童時期)的情緒若得不到父母的發現，而引導、幫助以至及時理順，我斗膽說:對子女日後的成長也許會帶來災難性影響。

Elsa創作的樂樂和黑黑這一個繪本，精美的插圖，簡單的文字，把情緒以正負來對照，給父母和子女一個很好的切入點，容易帶出話題。我衷心的希望各位作父母的，能捉著這繪本作一條引線，引導子女從年幼就懂得認識自己的情緒表現，又幫助他們學習如何去面對和處理，使他們能健康地成長！

Marina & Sam Ng (大棧集團創辦人)

樂樂和黑黑的故事

文．圖：潘敏慧
設計：劉泳欣

出版：紅出版（青森文化）
地址：香港灣仔道133號卓凌中心11樓
出版計劃查詢電話：(852) 2540 7517
電郵：editor@red-publish.com
網址：http://www.red-publish.com

香港總經銷：　香港聯合書刊物流有限公司
台灣總經銷：　貿騰發賣股份有限公司
地址：新北市中和區中正路880號14樓
電話：(886) 2-8227-5988
網址：http://www.namode.com

出版日期：2018年6月
ISBN：978-988-8490-72-1
上架建議：兒童圖書
定價：港幣65元正／新台幣260圓正